KB101696

여전히 헤엄치는 중이지만

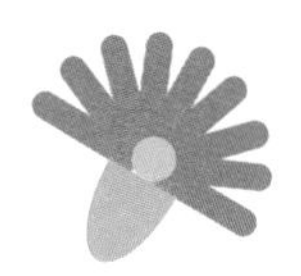

여전히 헤엄치는 중이지만

당신이 무엇을 겪었든
당신을 붙잡아줄 말들

우혜림 사랑 에세이

한겨레출판

당신의 불완전한 모습도

껴안아줄게요.

Contents

너를 위해 2. 우리의 계절이 바로 눈앞에 있어

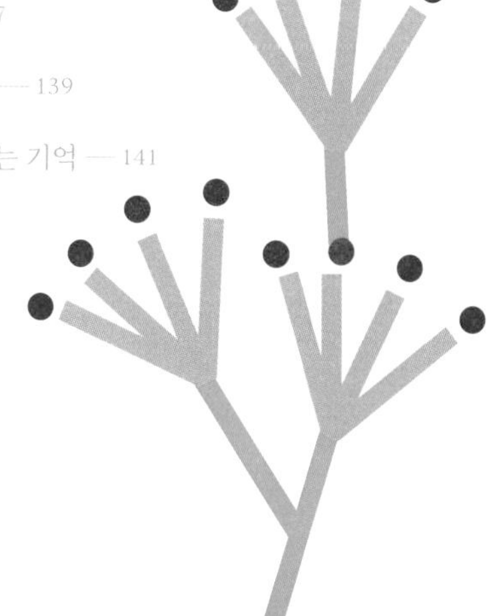

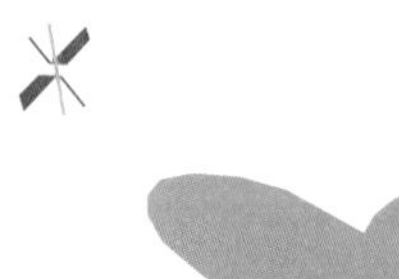

Prologue

매일 조금씩은 더 용기 낼 수 있어요.
'함께'라고 말할 수 있는 사람들이 있으면

회사와의 계약 만료를 앞두고 한숨이 부쩍 는 내게

그 사람이 물었다.

"13년 함께한 회사랑 계약이 끝나는 기분은 어때?"

"불안하지."

정적이 흐르던 찰나에 다시 입을 뗐다.

"아니다…. 불안한 것도 맞지만 정확히 말하면 공허해.

계약이 끝나면 지금보다 더 많이 공허할 것 같아. 소속사가

있다는 건 되게 든든한 일이잖아. 그런데 계약서라는 종이

몇 장으로 하루아침에 든든했던 보호막이 없어져버리는

거니까, 썩 괜찮지만은 않네. 물론 나가면 어떻게든 되겠지.

생각해보면 나는 무소속일 때도 잘 살았으니까. 당분간

공허한 마음은 어쩔 수 없겠지만…."

새로운 소속사를 찾을지, 프리랜서로 일할지 정하는 것보다
중요한 게 내가 진짜 원하는 걸 아는 일인데,
왜 시작하기 전부터 이렇게 지치는지 모르겠다.
반쯤 깬 상태에서 일어나지도, 더 잠들지도 못하다가
다시 이불 속에 숨어버리는 것처럼 자꾸만 마음이 작아진다.

그 사람은 내 얘기를 듣다가 말했다.
"연예계에서 계속 일할 거면 이 악물고 하고, 아니면 다
내려놓고 다른 길을 찾아봐. 다 하기 싫으면, 그럼 하지 마."
그의 마지막 말은 날카로웠지만 나도 모르게 마음이
편안해졌다. 일말의 기력조차 없을 때도 선불리 하기 싫다는
말을 꺼내지 못했던 내게 그 말은 대담한 위로가 되었다.

"그치. 근데 참 애매한 게 뭔지 알아? 반에서 상위권도
아니고 꼴등도 아닌데, 중간은 하는 애들 있지? 내가 딱
그래. 뭘 해도 1등은 아닌데, 꼴등도 아닌. 뭘 해도 무난해서

더 고민돼. 오빠처럼 뚜렷한 무언가가 있는 것도 아니고 늘 미지근한 상태니까."

"그동안 연예계 생활은 어떻게 했어? 이 경쟁 사회에서 어떡하려고…."

"그러니까. 나도 신기해. 나는 다른 사람들이 1, 2등을 두고 경쟁할 때 차라리 그 싸움에서 빠지고 3등 하고 싶어. 그만큼 경쟁하는 게 끔찍이도 싫어. 사람들은 무슨 일을 하든지 '모' 아니면 '도'여야 한다고 하는데, 난 항상 뜨거움과 차가움 사이, 그 중앙점을 찾는 것 같애."

어느 세상 말인가 하는 표정으로 나를 쳐다보는 그 사람 반응에 웃음이 났다.

아직 내 삶이 어떻게 그려질지 모르고, 난 여전히 헤엄치는 중이지만, 매일 조금씩은 더 용기 낼 수 있다.
'함께'라고 말할 수 있는 사람들이 있으니까.

살아 있는 한 계속되는 지난한 경주에서 조금 천천히 달리더라도 나를 진짜로 사랑하는 사람들은 내 곁을 떠나지 않는다. 그 사람들은 내가 질주할 때도, 속도를 줄일 때도, 멈춰 설 때도, 한결같이 내 편에 서서 나를 응원해준다. 그러니까 런닝메이트처럼!

지금 당장 앞일을 몰라도 괜찮다. 나만의 속도와 방향으로 달리는 길이 결코 외롭지 않을 것이고, 한숨도 웃음으로 바꾸는 마력이 생길 테니까.

우리한텐 서로가 있고
함께 새로운 목적지에 도착할 테니까.

이 책은 삶에서 여전히 헤매는 중인 나의 불완전한 모습조차 껴안게 만든, 사랑과 응원의 의미에 대한 기록이다. 결국 '사랑'을 말하는 이 책은 '사랑이란 이런 것이다'라고 정의하지도, 어떤 방법을 제시하지도 않지만, 내가 만난 선한 사랑을 함께 느껴보기를 바라며 적어보았다.

내가 그랬듯 무너져 내린 상황에서도
살아갈 큰 용기를 얻기를,
소중한 인연들을 되새기면서
오랜만에 큼지막-한 미소를
편안하게 지어보기를
마음 깊이 바라면서….

지금 이 글을 읽고 계실 독자분들에게 은하수만큼, 파도의 반짝임만큼 감사하고 또 감사하다는 말씀을 올린다.

어느 여름밤
우혜림 드림

그치. 근데 참 애매한 게 뭔지 알아?

반에서 상위권도 아니고 꼴등도 아닌데,

중간은 하는 애들 있지?

내가 딱 그래.

뭘 해도 1등은 아닌데, 꼴등도 아닌.

뭘 해도 무난해서 더 고민돼.

다른 사람들이 1, 2등을 두고 경쟁할 때

차라리 그 싸움에서 빠지고 나는 3등 하고 싶어.

그런데, 천천히 달리더라도 나는 외롭지 않을 거 같애. 나를 진짜로 사랑하는 사람들은

내가 질주할 때도,

속도를 줄일 때도, 멈춰 설 때도,

내 편에 있을 테니까.

그러니까 런닝메이트처럼!

우린 함께 새로운 목적지에 도착할 거야.

너를 위해 1.

여름밤에

우리 둘만의 시간을 안고서

네가 바꾼 것들

너는 어떨지 모르겠어.

나는 너를 좋아하고부터

많은 걸

전과 다르게 바라보게 되었는데,

너도 그런지.

이제 끝이구나, 하는 지점에서

"새로 시작할 수 있겠다!" 생각이 들고

할 수 있을까, 하는 긴장 속에서

"뭐 일단 해보자!" 하며 가뿐히 뛰어들게 되는지.

예측할 수 없는 상황에서도

유머와 명랑함으로 여유로울 수 있고,

같이 만나기로 한 날에는

늦지 않기 위해 일에 몰입하게 되는지 말이야.

오후의 라떼도 잊을 정도로.

나는 이런데, 너는 어때?

사랑의 본성

낯섦과 익숙함

외로움과 즐거움

두려움과 기쁨이

앞서거니 뒤서거니 하며 얼굴을 내밀다가

절묘하게 뒤엉키기도 하는 것.

나에게 사랑은

너와 손을 맞잡은 기분으로 두근거리며 잠드는 것.

너의 이름으로 하루의 생기를 얻고

너의 이름을 불러보며 일터로 가는 것.

걱정으로 떨리는 마음이 네 생각으로 잠잠해지고

너를 만난다는 기대만으로도

현실을 초월해 사는 듯한 행복을 만끽하는 것.

바라봐주세요

내가 당신에게 바라는 건 큰 게 아니에요.

그저 '눈을 바라보는 것', '시선을 맞추는 것'

이것 하나면 당신의 사랑을 확인할 수 있을 것 같아요.

언젠가 내가 이해되지 않는 날,

기분을 가늠할 수 없는 날에는 내 눈을 읽어주세요.

당신을 보고 있는 나에게서 시선을 돌리지 말아주세요.

서로에게 익숙해져서

대화에 물음표가 아닌

마침표가 많아지는 때에도

나를 바라봐주세요.

*

마법의 말

너를 사랑할수록 내 언어에는

특별한 첨가물이 더해지는 것 같아.

단맛이 나고, 입안에선 신경을 간질간질 자극하는

기분 좋은 말들이 가득해져.

그래도 나에게 가장 소중한 말은,

세월이 흘러도 내 가슴을 뛰게 하는

마법의 말은

너의 이름 세 글자야.

물건도 잘 잃어버리고

깜빡 잘 놓치는 헐렁한 내가

'내일은 너에게 어떤 예쁜 말을 들려줄까'

전날 밤부터 고민해.

기다림의 새로운 의미

너를 만나고부터는 기다리는 일이 새롭게 느껴져.

한겨울 방 안에 따뜻한 공기가 채워지도록 기다리는 것처럼

더 시원하게 마시려고 잔 속의 얼음이 가만히 녹기를

기다리는 것처럼

아침에 뿌린 향수가 한낮의 태양 아래서 어떤 향으로

바뀔지 궁금해하는 것처럼

너를 기다리는 순간이 마냥 기대가 돼.

세월이 흐르면

세월이 흐르면 지금보다 더 애틋해지겠죠?

여전히 서로 '사랑한다' 말해주고,

'오늘도 예쁘다' 하며 서로를 향해 사진기를 들 거예요.

그럼 나는 23살 당신을 처음 만났을 때처럼

환하게 웃으며 포즈를 취할게요.

항상 아플 때 업어줘서 고마워요.

그런데, 당신이 나를 업어주지 못하는 날이 온대도

괜찮아요.

그때는 내가, 왜소해진 당신의 등을 꼬옥 안아줄 거니까요.

너의 말들은 내게 큰 응원이어서

연애를 오래 할수록 대화가 줄어든다고 하잖아.

그럼 결혼하고 노부부가 되면 어떻게 되는 걸까?

그때는 정말 각방 쓰며 서로 한집에서 남남처럼

있는 듯 없는 듯 지내게 될까?

함께 보내는 시간이 길어질수록 우리는 서로의 가장 좋은

친구가 될 거야. 어쩜 말이 끝나기도 전에 표정만 보고도

서로의 마음을 알아차릴지도 모르지만, 그래도 우리 표현에

소홀하지는 말자.

네가 해주는 말들은 언제나 내게 큰 응원이어서

그 말을 못 듣게 된다고 하면 서운할 것 같아.

그러니까 우리

끊임없이 궁금해하고

열심히 서로의 마음을 확인시켜주자.

너에게

누구를 변화시킨다는 건 신의 영역이래.

그래서 나는 너를 바꾸겠다는 생각 대신

나에게 맞추겠다는 생각 대신,

내가 할 수 있는 것들을 생각해.

너에게 듣고 싶은 말을 조심스럽게 꺼내보고

너에게 안기고 싶을 때, 가만히 너를 안아.

이인분의 마음

사랑이란 일인분이던 것이 이인분이 되는 것.

영화를 볼 때도, 전철이나 버스에서 빈자리를 찾을 때도

한 자리가 아니라 두 자리를 찾게 되는 것.

'나'보다 '우리'가 먼저가 되고

내 얘기는 곧 당신의 얘기가 되고

당신의 얘기는 곧 나의 얘기가 되는 것.

밖에서 맛있는 걸 먹으면 '포장해서 갖다줄까?' 생각하고

그래서 혼자 있을 때보다 마음 씀씀이도 지출도

이인분으로 커지는 것.

감기에 걸리면, ‘당신에게 옮기면 안 되는데’ 하고

이인분의 건강을 염려하게 되는 것.

사랑하기 때문에
용기를 내어본다

입을 떼기까지 오랜 시간이 걸렸어.

네가 이러이러하게 해줬으면 좋겠다는 내 바람이

어떻게 전달될지

내 말에 기분이 상하지는 않을지

조용히 지나갈 걸 소란스럽게 만드는 건 아닌지

관계에 괜한 구멍을 만드는 건 아닌지… 두려워서.

사념에 사로잡혀 여러 번 말할 기회를 놓쳤어.

하지만 그때마다 나는,

어쩌면 무리한 용기를 냈는지도 몰라.

네가 너무 소중하기 때문에

내 솔직한 마음을 들을 가치가 있는 사람이기 때문에

무엇보다도 내가 사랑하기 때문에…

*

나는 이제 상한 마음을 쌓아두지 않고 표현하려고 해.

떨리는 마음으로 용기를 내서 입술을 가만히 떼어볼게.

너를 오래 보고 싶으니까,

너와 오래 함께하고 싶으니까.

*

나는 '거절'이란 말을 참 싫어해. 웬만하면 모든 부탁을 다
들어주고 싶어. 정말이야. 그런데 어느 책에서 그러더라고.
거절은 내가 어디까지 허용할 수 있고, 어디까지 허용할 수
없는지 상대에게 알리는 일이라고.

그때 깨달았어. 나한테는 그 경계선이 없다는 걸.
내 마음에는 '침범 금지 구역'이란 게 따로 없어서,
사람들이 늘 쉽게 발을 들이고, 다시 아무렇지 않게
떠난다는 걸.
제약이 없으니, 쓰레기와 이물질만 가득해지고 그런데도
어찌하지 못한다는 걸.

그런데 네 마음에는 '금지 구역'이 뚜렷했지. 표시와 경고가

확실했어. 처음에는 한 발자국 들여놓기도 어려웠지. 정말 조심스러웠어. 그렇게 들어가기 힘든 너의 마음공원은 사실 나의 공원보다 더 자유롭고 온화했어.

나는 알았지. 네가 단 한 사람만을 위해 그렇게 철저하게 마음을 보호하고 정돈해왔다는 걸. 단 한 사람만을 위해 안전하게 가꿔왔다는 걸.

나도 내 마음공원을 새롭게 만들려고 해.
소중한 사람이 소중하게 내디딘 걸음을
기억하고 지켜주려고.

아무도 가볍게 발 들이지 않고, 아무도 더럽히지
못하게 할 거야. 네가 불안하지 않게.
언제나 평온한 기분을 느낄 수 있게.

어때? 나 멋있지? 네가 뿌듯해하며 고개를 끄덕이는 모습이 선명하게 보이는걸?

침묵도 편안한

내가 그동안 많은 관계에서
얼마나 무리하며 애썼는지
얼마나 허둥거렸는지
당신을 만나고 알게 되었어요.

마음을 터놓을 만한 가까운 친구를 만날 때조차
얼마나 나를 감춰왔는지 말이에요.

친구가 지루해할까 봐, 내 얘기에 분위기가 가라앉을까 봐
애써 웃고 침묵을 깨려 했지만, 실은 친구를 위해서가
아니었어요.
나는 그 관계가 불안했던 거예요.

당신을 만나고 알게 됐어요.

침묵이 불편한 게 아니라는 걸.

그 어떤 것보다 자연스럽고 편안한 거라는 걸.

당신과 함께할 때면 온몸의 긴장이 풀리고

따뜻한 욕조에 몸을 담근 것처럼 녹신녹신해져요.

아무 말이 오가지 않아도 어색하지 않아요.

억지로 말을 이어야겠다는 필요성도 느끼지 않아요.

아무리 먼 데를 가더라도

기적처럼 시간이 가뿐하게 흐르는 걸 경험해요.

우리에게 침묵하는 순간은

서로의 마음을 영혼으로 듣는 시간

잠잠히 서로를 응원하는 시간.

눈을 반짝이며

"만약 하루 동안 시간여행을 할 수 있으면
네가 어렸을 때로 돌아가서 지켜볼 거야.
슬쩍 다가가서 '아이스크림 사줄까?' 말 걸고
어떻게 반응할지 볼 거야."

"그럼 난 '엄마가 모르는 아줌마 따라가지 말랬어요~'
그럴걸?"

너의 과거에 함께하지 못해 아쉽다는 생각을 종종 해.
그래서 네 가족과 친구들에게 네가 어릴 때
어떤 사람이었는지, 어떤 걸 좋아하는 아이였고
무엇을 주었을 때 가장 환하게 웃는 아이였는지 묻고 싶어.
그 시절로 돌아갈 수는 없지만,

*

상상만으로도 너를 만나고 오면

지금 눈앞에 있는 네가 더욱 사랑스러워 보여.

물끄러미 바라만 봐도 모자람 없이 행복한 기분이야.

만약 과거로 돌아가 너를 만난다면,

친구에게 장난칠 때 지금처럼 짓궂게 귀여운 표정을 짓는지,

태권도장에 가는 너의 모습은 어떤지

(흰 띠를 맨 모습, 정말 귀엽겠다!)

엄마한테 혼날 때 지금처럼 도톰한 입술을 쭈욱 내미는지

(하지만 5분 뒤에 바로 풀리겠지?)

가만히 보고 싶어.

우리는 남극의 하늘 같아서

함께 보내는 시간이 많아질수록

우리 둘 사이에 생기는

우리만 아는 얘기들이 차곡차곡 쌓여.

우리의 관계는 변화무쌍한 남극의 하늘 같아서

매일 다른 장르, 다른 이야기로 하루를 채우지만,

진지함과 유쾌함을 오가는 우리의 대화는

다음을 예측할 수 없을 정도로 변덕스럽지만,

그 변화무쌍함이 우리를 단단하게 만드는 것 같아.

우리의 잦은 다툼도 행복도

어쩌면 우리끼리의 놀이,

사랑에 빠진 우리만 웃고 웃을 수 있는

'우리만의 농담'.

잠이 많은 당신에게

왜 이렇게 이른 아침에 일어나느냐고 물었죠?

나는 새벽이 지나고 찾아오는

하루의 첫 번째 빛줄기가 정말 좋아요.

온전히 혼자가 된 느낌, 세상에 덩그러니 존재하는

외딴 느낌이 좋아요.

낮 동안에는 들을 수 없는, 풀과 나무가 움직이는 소리도

이른 아침에는 들을 수 있어요.

잠이 많은 당신이지만, 언젠가 새벽이 지날 때쯤에 당신과

산책하고 싶어요.

내가 느낀 아침의 생기를, 다독임을 당신에게도 선물할게요.

온종일 아무런 말을 하지 않다가도

당신에게는 마음속 이야기를 꺼내놓게 돼요.

뒷모습

나는 유명한 미술관도 30분 안에 후다닥 둘러보고 친구들이
그림을 감상할 동안에 카페에 앉아 기다리는 쪽이야.

그런데 묘하게도, 오래 머물게 되는 그림들이 있었는데
모두 누군가의 '뒷모습'을 그린 그림이었어.
꼬옥 한번 안아주고 싶게 만드는, 묘한 유혹을 느끼게 하는
그림.

뒷모습에선 한 사람의 긴 여정이 보이는 것 같아.
뒷모습에선 직위도, 외모도, 경력도 아무것도 없어.
뒷모습은 거짓말하지 않아.

그저 한 사람이 가장 솔직해지는 순간일 뿐.

그래서 나는 가끔 네가 혼자 걷는 모습을 볼 때면

말없이 달려가 꼬옥 안고 싶어.

'나는 너의 모든 여백을 사랑해.'

'나는 너의 모든 연약함을 사랑해.'

나의 마음을 가장 깊이 표현하는

심플한 애정표현으로서.

너에게 해줄 수 있는 것

나는 부족한 사람이지만

너에게 해줄 수 있다고 자신 있게 말할 수 있는 게 있어.

꿈이 많은 네가 무언가를 하고 싶을 때

기꺼이, 그리고 즐겁게 동참하기.

호기심이 많은 네가 새로운 무언가에 눈이 반짝일 때

과감히 너의 손을 잡고 함께 뛰어들기.

힘든 걸 잘 터놓지 못하는 네가

지쳐하는 모습을 보일 때

먼저 알아차려주고 질문하기.

사랑의 성숙한 정의

사랑은 상대의 습관에서 나를 발견하는 것.

상대의 보폭에 맞춰 내 바람을 실현하는 것.

오직 서로의 앞에서 평등하고 홀로 선 존재가 되어

고유하고 건강하게 존재하도록 도와주는 것.

지배하거나 종속시키려 하지 않는 것.

사랑한다는 건 어떤 거예요?

상대에게 깨어 있는 거야.

매일 조금씩 더.

설레고 익숙하고

만남이 일상이 되면 옷차림은 편해지고 인사는 환대에서 "왔어?" 정도로 가벼워진다. 서로 궁금한 것이 많아 끊이지 않던 대화가 침묵이 되고, 특별히 묻지 않아도 '다 알 것 같은' 단조로움이 시간을 채운다.

이 시점에서 '설렘'과 '익숙함' 사이를 놓고 갈등한다. 설레는 관계에서는 얼른 안정적인 관계가 되기를 바라다가, 안정적이 되면 다시 설레는 관계를 갈망하게 되는 아이러니.

나는 그럴 때마다 익숙함 속에서 이런 질문과 생각을 떠올려본다.

'내가 누군가와 이렇게 가까워진 적이 있었나?'

‘어쩜 그를 완전히 안다는 건 평생 불가능할지도 몰라.’

너의 모든 걸 좋아하고

너의 많은 걸 아는 것 같지만

이 질문 앞에선

알지 못하는 미지의 사람으로 보이게 되는 마법.

*

기억해야 해요

우리는 기억해야 해요.

'사랑하는 대상'은 'one of them'(여러 개 중 하나)이 아니라

'one of a kind'(특별한 대상)이라는 것을요.

나는 익숙함 속에서
매일 조금씩 당신의 낯선 모습을 찾아
또다시 사랑에 빠질 것이다.

그 일은 어느 한 시절의 뜨거운 연애보다
더 짜릿한 일이니까.

로맨틱

여러 번 시도해 만들었는데 모양이 영 어설퍼서

애써 들인 노력을 감추고

'이거 그냥 만들어봤어!' 하는 것.

화려하진 않지만 진심이 담긴 한마디로 마음을 움직이는 것.

너의 그 서툰 표현들이

내가 바라던 로맨틱인지도 모르겠다.

만약 당신의 청혼을 받아들이지 않았다면 어땠을까요?
우리는 각자가 없는 삶 속에서 잘 살았을 수도 있겠죠.
어쩌면 서로를 완전히 잊고 살았을지도 몰라요.
인생이란 그런대로 흘러가니까요.

그런데 왜, 그 순간 반지를 들고 무릎을 꿇은 당신의 손을 붙잡았을까요?

당신과 함께하는 삶을 떠올렸을 때, 내가 느낀 감정은 '공동제작자'를 만난 것 같은 안정감이었어요.
인생을 연극에 비유한다면요.
내게 슬쩍 내민 당신의 시놉시스는 내가 생각한 그림과 많이 다르긴 했지만, 흥미로웠어요. 잠들기 전에도 생각이

나고, 왠지 나의 예상을 뛰어넘을 것 같은 '인생작'이

나오리라는 마음에 흥분되기도 하고,

삶의 활기를 되찾은 것 같았어요.

그러니까, 내가 당신의 청혼을 수락했다는 건

당신과 함께 무대의 제작자로서, 감독으로서,

배우로서 당신과 무대에 헌신하겠다는 약속이에요.

나는 지금 많이 떨리는데, 당신도 그런가요?

우리의 공간

내가 상상하는 우리의 공간은

햇볕이 잘 드는 창가에 커피와 책이 놓여 있고,

아침 식탁에는 채소 반찬이 건강하게 올라와 있고,

밤에는 은은한 조명 아래 도란도란 대화가 이어지는

그런 공간.

사람들과 함께하는 맛있는 저녁식사와

와인 한잔의 여유가 있고

웃음과 배려가 머물다 가는 공간.

고독하고 싶을 때는 최소한의 조명만 남겨놓고

서로를 편안하게 해주는 공간.

*

롤러코스터

사람들은 오고 간다. 스치는 인연도 있고 조금 더 오래 머무는 인연도 있다. 어릴 때 비교적 일찍 부모님의 품을 떠나 분리되는 경험을 해서인지, 내 마음속 깊은 곳에는 사랑을 갈망하는 아이가 있다.

우리가 처음 만나고 당신이 내게 했던 말이 있다. 아무래도 애정 결핍인 것 같다는 말. 가족과의 분리, 불확실한 미래…. 모든 면에서 나에겐 안식처가 필요했다.
불안이 커질수록 나는 내 옆에 있던 사람들에게 의지했고, 특히나 그 사람에게 너무나 많이 의지했다.
내 자신의 열쇠를 그 사람에게 쥐여주었다.

*

내 집의 주인이 온전히 내가 되기까진 오랜 시간이 걸렸다. 당신은 다행히 그 열쇠를 함부로 대하지 않는 좋은 사람이었다. 열쇠를 쥐고 도망갔을 수도, 이용했을 수도 있는데, 당신은 열쇠를 그 자리 그대로 고스란히 두었다. 내가 직접, 내 주머니에서 열쇠를 찾을 수 있도록.

당신은 한결같이 내 옆을 지켜주며 나를 기다려주었다.

당신은 언제나 나의 좋은 관찰자였고 목격자였다.

삶이라는 롤러코스터에서 내가 무서워서 울며 소리칠 때도, 신나서 활짝 웃을 때도, 차분할 때도 모두 눈을 떼지 않고 기다려주었다.

많은 굴곡을 경험하고 내려왔을 때 기다리다 떠난 사람도,

남아 있었으나 예전 같지 않은 사람도 있었지만, 당신은 내 앞에 변함없이 서 있었다.

나를 보고 맑게 웃으며, 아직 어지럽다는 나의 어깨에 외투를 걸쳐주었다. 그리고 꼭 안아주며 이렇게 말했다.
"고생했어요, 내 사랑."

먼저 가지 않아줘서 고마워요.
불안정했던 나를 기다려줘서 고마워요.

이 사람과 함께해도 될지 말지 고민될 때

던져보면 좋은 질문.

'이 배에 한번 타면 내릴 수 없습니다.

그래도 이 사람과 함께 하시겠어요?'

항해를 떠나면 누군가는 운전대를 잡아야만 하고,

누군가는 보조석의 안내자가 되어야만 하는데

이 사람과 어떤 역할이든 기꺼이 나눠 하시겠어요?

때로는 세상이 '더'를 외칠지도 모르겠어.

'더 좋은 거' '더 비싼 거' '더 화려한 거'

그런데 "Less is more"이라는 말처럼

어쩌면 우리가 움켜잡은 무언가를

내려놓는 그 순간,

전에 없던 자유로운 여정이 시작될지도 몰라.

두 개의 실

내가 붙잡고 있는 많은 실낱 같은 인연 중에

손 틈 사이로 빠져나가 날아갈 인연도 있을 테고,

반대로 촘촘히 감겨 계속 남아 있는 인연도 있겠죠.

실낱을 툭 털어내듯 언젠가 손을 활짝 펴

놓아줘야 할 때가 올지도 몰라요.

하지만 당신은 내가 가장 오랜 시간

붙잡아두고 싶은 인연이에요.

당신과 나, 두 개의 실을 하나의 끈으로 묶어두고 싶어요.

언젠가 당신이 바람에 흩날릴 때,

나도 따라가 함께 흩날릴 수 있도록.

나는 여전히 철들지 않는 사랑을 하고 있지만
너를 좋아하는 만큼 불안하고 버둥거리지만
너를 좋아하는 일만큼은 망설이지 않을게.

노력할게.
지금보다는 조금 덜 서툴도록,
너를 조금 덜 당황하게 하면서 다가가도록.

그러니까, 내가 머뭇거려도
기다려줘, 지켜봐줘.
너한테 가려고 다시 일어서는 나를 놓지 마.

lonely

내가 할머니가 되어서도

장난치며 웃겨주고 싶다는 당신의 말에

나는 'why so lonely'가 아닌 'not so lonely'가 되었다.

하루는 친구랑 이런저런 얘기를 나누며 카페를 지나는데
친구가 이런 말을 했어요.

"네가 카페를 차린다면 그 카페에는 아무것도 없고 화분
하나만 덩그러니 있을 것 같아. 그리고 너는 그 모습을
보면서 행복해할 것 같아."

화분 하나로도 행복해할 수 있는 사람이라니, 정말 멋지죠?

당신 덕분인 것 같아요. 화분 하나로도 행복할 것 같다는
친구의 말처럼, 나는 당신과 있을 때면 소소한 것에도
행복을 느끼니까요.

길을 걷다 우리의 그림자가 보이면 흐뭇하게 미소 짓게 되고, 한 손에 아이스크림을 하나씩 들고 다른 한 손을 맞잡고 걸으면 이 세상 누구도 부럽지 않아요.

우리가 결혼하고 가정을 꾸리고 몇십 년이 흘러도 우리는 여전히 눈에 보이지 않는 아주 소소한 것들에 행복을 느낄 거예요.

서로를 무엇무엇 때문에 좋아하는 게 아니라, 좋아하는 이유를 열 가지 대보라고 하면, 열 가지가 아닌 "○.○.○(이름)이라서 좋아한다" 열 음절로 말하는 우리니까.

있는 모습 그대로를 받아들인 우리니까.

그래서 자신 있게 말할 수 있어요.
당신과 함께라면 화분 하나로도 행복할 수 있다고.

이런 사람이라면

"괜찮아"라는 내 말에 속지 않는 사람

"목소리만 들어도 알겠는데 뭘"이라고 말하는 사람

내가 조금만 힘들어 보여도 평소와 다른 무언가로 나를

놀라게 하는 사람

나의 심각함을 무심히 지나치지 않는 사람

자신의 기분이 어떻든 나에게 말할 때는 말투와 표정에

신경을 쓰는 사람

그 사람은 당신을 사랑하는 거예요.

당신이 내 숨소리만 들어도 나의 기분을 파악하듯이

나도 당신의 소리 없는 괴로움을

가장 먼저 알아차리고 싶어요.

세월이 지나 서로 너무 익숙해져서,

관계가 당연시되어도

서로에 대해 무감각해질 때에도

당신의 사사로운 기쁨과 아픔에만은 더욱 민감해지고

싶어요.

'나'를 조금씩 더 내려놓고

그 자리에 '당신'을 놓고 싶어요.

당신에 대한 아주 작은 것까지도 소중한 지식으로

쌓아서

나의 사랑을 더욱 더 위대하게 만들고 싶어요.

카메라의 초점을 수시로 맞추지 않으면 쉽게 초점을 잃듯이

우리의 관계도 '이별'이라는 극단적인 결론에 이르지

않으려면

수시로 서로에게 '초점'을 맞춰야 한다.

카메라의 기능을 제대로 인지하지 못한 채

단순히 초점이 맞지 않는다는 이유로

새로운 카메라로 대체하는 게 아니라,

기능과 장단점을 하나하나 파악하면서

카메라의 값어치를 알아가는 것.

그러다 미처 몰랐던 숨은 기능에 기뻐하고 놀라는 것.

한 사람을 안다는 것은 그렇다.

초콜릿

당신도 나도 초콜릿을 정말 좋아하죠.

발렌타인데이를 포함해 모든 기념일 선물을 초콜릿으로

통일할 정도니까요.

처음에는 궁금하고 이상했어요.

'왜 당신이 주는 초콜릿 상자에는 초콜릿이 하나씩 빠져

있을까…?' 하고요.

습관적으로 하나를 쏙 빼서 먹은 다음

내게 건네주는 이유를 도무지 이해할 수 없어서

당신에게 물었죠.

"왜 항상 이렇게 하나씩 빠져 있어요?"

"너무 준비한 거 티내기 싫어서요." (웃음)

"농담이고, 혹시 독이 들었는지 먼저 먹어본 거예요."

하고 소리내 웃는 당신.

한번은 그래도 유일한 기념일 선물인데 너무하다 싶어서 안 먹고 있는데,

그날따라 당신이 유달리 얼른 먹어보라 재촉했어요.

참다 못한 당신은 외쳤죠.

"아, 그 안에 반지 있어요!"

요즘에도 우리의 초콜릿 상자에는

자리가 하나씩 비어 있어요.

여전히 조금씩 서툰 기념일을 보내고 있어요.

그런데 익숙해져서일까요?

한 자리가 비어 있으면 그게 반갑고,

또 상자를 열기 전부터 은근 기대가 돼요.

너무 티내지 않고 은근히 챙겨주는 평소 당신 같아서

항상 일관된 모습으로 나에게 안정감을 주는

당신 같아서 고맙게 느껴져요.

이제는 초콜릿 상자가 가득 차 있으면

낯설 것 같아요.

채워진 나머지 초콜릿으로도

충분히 달고 좋은걸요.

우리는 우리 둘만의 로맨틱함을

만들어가고 있어요.

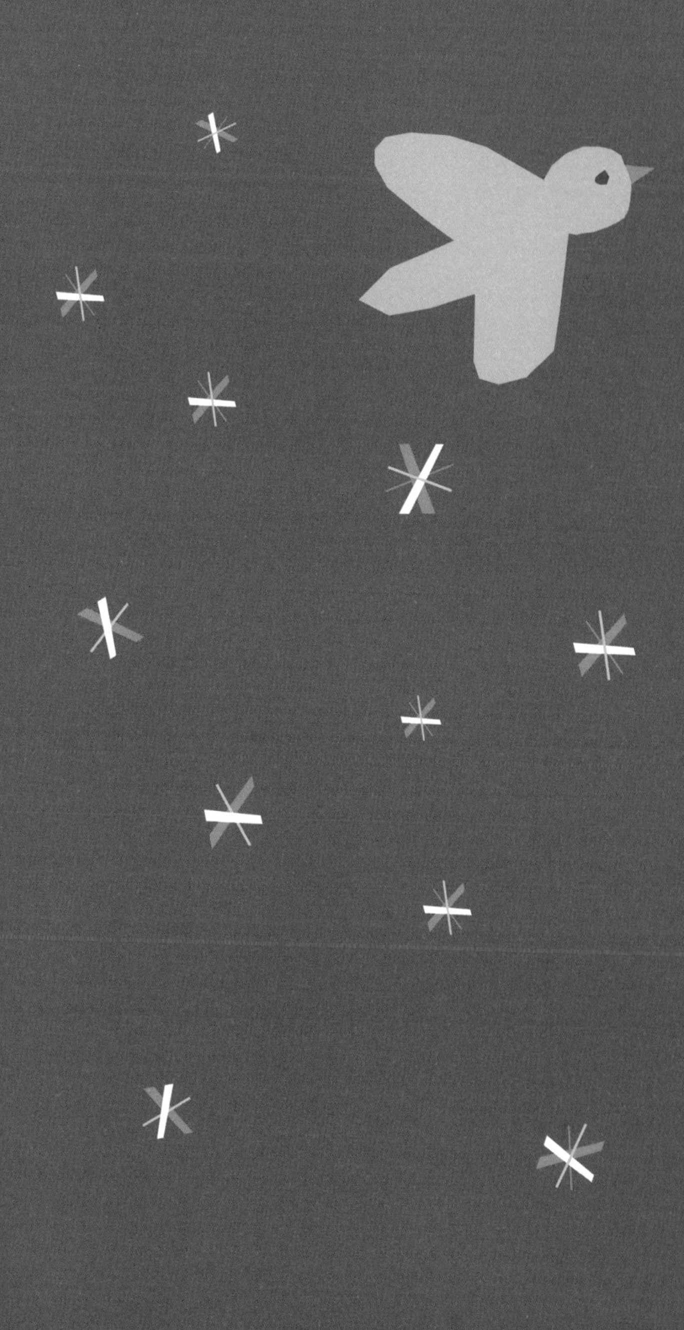

우리만 아는 이야기,
우리만의 장르

함께 보내는 시간이 많아질수록 우리 둘 사이에 생기는
우리만 아는 이야기들이 차곡차곡 쌓이고 있어.
매일 다른 장르를 쓰는 것 같아. 로맨스였다가,
미스테리였다가, 가족드라마였다가.
여러 장르가 장르인 게 너와 나의 장르일까,
우리는 참 독특한 책을 써내려가는 것 같아.

때론 심각하게, 때론 유쾌하게 종잡을 수 없는 이야기들이
이어지지만, 우리에게만큼은 가장 재밌는 책이지.
어느 작가의 말처럼 "사랑이란 오직 사랑에 빠진 사람들만
웃게 만드는 어마어마한 농담"이기 때문일 거야.

하나밖에 없는 우리 책의 공동 저자가 되어줘서 고마워.

서론은 종잡을 수 없었지만 본론도 결말도 우리 멋지게

만들어보자!

닮아간다

요즘 우리는 서로가 왜 웃는지도 모르게 자주 웃는다.

서로가 웃는 모습에 덩달아 웃고

틈만 나면 서로의 손을 맞잡고

옆에 나란히 앉아도 눈을 마주치고 싶어 고개를 돌린다.

매일 같은 음식을 먹고, 함께할 수 있는 일들을 계획하고

말투도 생활방식도 닮아간다.

서로의 크고 작은 일상들이

세상의 그 무엇보다 기대되고 궁금한 존재가 되어서

매일 밤 이야기 나누는 시간을 더욱 소중하게 지킨다.

"둘이 닮은 것 같아요"라는 말에

"아, 정말요?"라며

서로를 바라보고 방긋 웃는다.

우리는 매일 조금씩 닮아간다.

서로에게 세공자가 되어

비슷한 점보다 다른 점이 월등하게 많아서

서로 이해되지 않는 부분이 많기도 하지만,

우리는 서로의 가치를 가장 먼저 알아본 사람들이다.

우리는 수많은 원석 사이에서

다이아몬드의 가치를 알아본

서로에게 세공자이자 다이아몬드인 관계.

사랑은 두 사람이 동일한 마음으로 서로를 만들어가는 것.

'다름'을 깎여져 나가야 할 불완전함이 아니라

서로에게 맞춰가는 즐거움을 서서히 알게 해주는

하나님이 만들어두신 여백으로 여기는 것.

센스

예민하고 섬세한 당신은

전 세계 77억 정도 되는 수많은 인구 중에

저를 먼저 알아봤어요.

그런 당신의 안목을 칭찬해요.

당신, 한 센스 하시네요.

어느 해 크리스마스에

누가 먼저 정해주길 바랄 뿐,

먼저 나서서 비행기 표를 잡아버리는 대범함은 없어서

여행 한 번 가기 쉽지 않은 우리.

그런데 어느 해 크리스마스에 당신은

“이번 크리스마스에 제주도에 가지 않을래?”라고 물었고

“그래”라는 한마디로 다음 날 제주도 여행이 시작되었다.

제주도에 도착해 나는 이렇게 말했다.

“제주도는 올 때마다 좋은 것 같아.”

“그래, 맞아” 당신은 살짝 끄덕이며 미소지었고

우리는 오랜만에 마주하는 제주도의 석양을 한참 동안

바라보았다.

숙소로 가던 차 안에서 〈어느 60대 노부부 이야기〉가

흘러나왔을 때, 우린 약속했다.

"우리 60세가 됐을 때 여기 또 오자."

살짝 미소를 띤 당신이 오른손을 내밀었고

나는 그 손을 잡는 순간 60세가, 또는 그 나중이

걱정되지 않았다.

나도 모르게 당신의 손을 꼬옥 쥐었다.

창밖의 공기가 유난히 달고 맛있었다.

나를 회복시키는 것

나를 사랑하는 사람은

내가 약해지고 흔들리는 모습을 볼 때

나를 결코 홀로 두지 않는다.

사랑을 하고 있는 사람에게 상대방은

부서지기 쉬운 존재, 보호해야 할 존재니까.

누군가가 나를 보살펴야 할 존재로 보고

관심 있게 바라보는 것만큼

나를 빠르게 회복시키는 것도 없다.

그림자 놀이

우리는 최선을 다해 사랑한다.

그 사람에게 내가 해줄 수 있는 최고의 사랑을 표현하고,

필요한 것을 채워주며.

때로는 내 그릇을 넘어서는 배려를 하면서.

내 관심과 생각을 상대에게 대입하고 사랑하며,

그것이 최선이라고 믿는다.

그러나, 상대를 완벽하게 만족시키기란 어렵다.

나의 사랑의 탱크와 상대의 사랑의 탱크는

결코 같지 않기 때문에.

순간순간 서로의 말, 표정, 분위기로 모양과 깊이를 가늠할 뿐,

상대의 감정적 탱크를 채울 수 있는 방법은 없기 때문에.

사랑은 결국 그림자 놀이다.

우리는 여러 번 시행착오를 거치며

그림자 놀이를 '좀 더 능숙하게' 하는 법을

꿋꿋하게 배워나갈 뿐이다.

임계점

때로 우리의 관계는

어느 것 하나가 조금씩 줄어들거나

어느 것 하나가 훌쩍 흘러넘쳐

본인이 감당할 수 없는 지경이 된다.

관계의 임계점을

조금이라도 미리 알 수 있다면 좋겠지만,

그런 깨달음은 언제나 한발 늦다.

세상이 사랑을 말할 때

'인연'과 '운'을 언급하는 건,

사랑에 정확한 대응점이나 인과관계가 없다는

반증이다.

*

상처와 치유의 정도는 모두 다르지만

사랑을 위해 다시 일어서려는 모습은

어느 관계, 누구에게서든 찬란하다.

어느 날 밤, 작은 고백

그거 알아?

영어로 '스트레스를 받은(stressed)'을 거꾸로 하면

'디저트(desserts)'라는 거.

우울한 날, 너와 맛있는 음식을 먹고 영화를 보는 그 순간이

참 좋아.

거기다 비까지 아늑하게 내리면 더 완벽하지.

그 순간만큼은 세상 그 어떤 고민도,

목소리도 빗소리에 숨으니까.

빗속에서, 영화 속에서 오직 너와 나, 둘만 존재하니까.

우리 서로에게 디저트 같은 존재가 되자.

건강한 마음으로 서로의 배를 채우고

웃음소리로 서로에게 안식을 주고

때로는 여자와 남자로, 아내와 남편으로,

서로의 보호자로 곁을 지키자.

선물

'언젠가 읽겠지' 하고 쌓아둔 요리책도

다시 꺼내 보게 하는 사람.

연애하면서 나 자신을 위해서도 하지 않던 요리를

당신에게 해주면서

재료를 써는 내 모습이 낯설어 헛웃음이 났다.

그래도 당신이 맛있게 먹어줄 생각에 마냥 흐뭇했다.

당신에게 어울릴 향수를 밤낮으로 찾다 결국 코가 마비돼,

매장 직원이 건네주는 커피콩 향도 맡지 못해

당황스러웠던 날에도

당신이 내가 준 향수를 뿌릴 거라는 생각에 웃음이 났다.

당신에게 추천하고 싶은 책을 고를 때도,

당신이 나를 기억하기를 바라는 마음에

작가도 아닌 내가 친필 사인을 하는 호들갑을 떨기도 했다.

당신이 어떤 반응을 보일지, 당신이 나중에 그 선물을 보며

날 어떻게 떠올릴지 상상하다 보면

어느 순간 바보같이 웃고 있는 나를 발견하곤 하는데,

그런 내 모습이 너무 좋다.

"당신 생각나서 샀어요."

그 순간만큼은

“나는 세상에서 별이 가장 많은 곳에 가보고 싶어.

거기서 아무 걱정 없이 그냥 누워서

별이 쏟아질 것처럼 가득한 하늘을 가만히 바라볼래.”

“그래? 그럼 가면 되지! 대신 나도 꼭 데려가!”

나는 우리가 노부부가 되어도

한여름밤에 손잡고 산책하면서

남들은 말도 안 된다고 하는 대화를

일상처럼 나누고 싶어.

적어도 그 순간만큼은

너와 별나라에 다녀올 테니까.

나는 그걸로 충분해.

웃음

처음에는 과묵한 그 사람이 재미없다고 생각했다.

내 얘기는 잘 들어주지만 위트나 개그는 없어서.

사계절이 지나고 그와 많이 가까워진 어느 날, 그 사람에게

영어를 가르쳐주는데,

"자, 영어로 맛이 '짜다'할 때 '짜다'를 뭐라고 할까?"

"음, 모르겠는데~"

"'쏠티'라고 해. 자, 그럼 영어로 '쓰다'는 뭘까?"

'Bitter'를 기대하고 있던 내게 그 사람은 자신 있게 외쳤다.

"쓰티!"

과묵한 사람의 입에서 뜻밖의 대답이 나오자

입에 머물고 있던 커피가 뿜어져 나왔고 정말 크게 소리 내 웃었다.

그 사람과 만나고부터 웃는 날이 많아졌다.

인디언 보조개가 드러나도록 환하게 웃는 것도,
사라진 줄 알았던 나의 다른 모습들도 네 앞에선
다시 나타난다.
내 어릴 적 모습이 여전히 존재함을 알게 해준 너.

“사랑이란 나의 본래 모습을 되찾도록
돕는 과정일지도 모른다”는
에리히 프롬의 말처럼 나를 찾아준 사람.

내가 웃을 때 나를 보며 환하게 따라 웃고
두 눈을 깜빡이며 나의 감정과 기분을 살피는 네가
너무 사랑스러워서 오늘도 입꼬리가 내려가지 않는다.

나는 아무것도

나는 한때 내가 아무것도 될 수 없다고 느꼈는데

당신은 내가 모든 것이 될 수 있겠다, 느끼게 한다.

내가 머뭇거릴 때 먼저 말을 걸어왔고

내가 고민할 때 같이 경험해보자, 손을 잡아 일으켰고

내가 슬퍼할 때 환하게 웃을 수 있는 장소로 나를 데려갔다.

나는 당신의 세심함 덕분에 대담한 용기를 낼 수 있었고

무엇이든 될 수 있는 사람이 되었다.

나는 이제 '아무것도'라는 말을 생각하지 않는다.

8월, 9월, 10월

당신은, 선물을 계속 주고 싶은 예쁜 아이 같아요.

가장 좋은 걸 주고 싶고
계속 신나게 하고 싶어요.

8월에는 파랑이 예쁘니까
같이 바다를 보면서 당신이 좋아하는 음악을 같이 들어요.

9월에는 바람을 느끼기 좋으니까
나는 왼쪽, 당신은 오른쪽 품을 내주어 꼭 붙어 걸어요.

10월에는 별, 달이 예쁘니까
간단히 먹을 걸 챙겨서 달빛 야행을 떠나요.

사랑은 언제나 패키지로 온다

사랑을 하면 좋은 감정과 함께 따라붙는 감정이 있다.

'애틋함, 동정하는 마음'
사랑이 깊어지면 갖게 되는 공통적인 감정이자
늘 행복하면서도 아픈 마음이 동반되었던 이유를
설명해주는 단어.

사랑은 내 안에 '이유 없이' 애틋하고
아프기도 한 존재를 받아들이겠다는 선언이며 용기다.

그래서 사랑은 언제나 패키지로 온다.
좋은 감정만 주어지지 않는다.
그걸 알아도, '그럼에도' 우리는 기꺼이 시작한다.

여러 번 블랙홀을 경험했어도,

'이번엔 은하수를 발견할 거야'라는

맑고 막연한 낙천성을 안고.

내가 '자기야'라는 말 되게 힘들어하는 거 알죠?

그 말이 참 부끄럽고 어색해서

한번은 민망하게도 이야기했어요.

"저기… 미안한데요, '자기'라고 안 하면 안 될까요?"

"그럼 자기를 자기라고 부르지 뭐라고 불러요?

원숭이…?"(웃음)

"응. 차라리 그게 좋겠어요."(웃음)

살짝 언짢을 수도 있는데 위트 있게 넘어가줘서 고마워요.

'자기야'라는 애칭도 못 들을 만큼 낯간지러워하는 걸

서운해하지 않고, 내 마음하곤 다르다는 걸

알아줘서 고마워요.

햇빛이 예쁜 각도를 그리는 오후 5시에

나는 무슨 용기가 난 걸까요.

당신에게 이렇게 말해요.

"사실 그 애칭을 듣고부터 나한테 무슨 일이

일어난 것 같아요.

모든 일에 신이 나고, 모든 게 커다랗게 보여요."

그냥 갑자기

가끔은 아무런 계획도 없이 있고 싶어.

그냥 갑자기 너를 데리고 어디론가 가고 싶어.

목적지 없이 달려도 좋아.

너와 어디에도 묶여 있지 않은 자유로움을 느끼고 싶어.

너와 함께, 그냥 갑자기.

사랑이 숨길 수 없을 만큼 붉어지기 전에는

말 하나하나가 조심스럽다.

'좋아해'라는 말을 내뱉기 전에

호감과 설렘을 은밀하게 표현할 수 있는 언어,

상대방에게 부담주지 않는 옅은 빛깔의 언어는

그래서 귀하다.

내게는 언어가 부족하지만

그럼에도 표현하고 싶어서 그날 밤 너에게 건넨 말.

"오늘 만나서 반가웠어요."

—

호감을 표현하는 특별한 방식

'당신을 더 알고 싶어요'

라는 말을 할 용기가 나지 않아서

잠시 망설이다가,

'저, 잠깐만 기다려주시겠어요? 잠깐이면 돼요!'

하고 얼른 밖으로 나갔다.

'당신이랑 같이 있어서 너무 좋았어요'

'당신을 더 오래 보고 싶어요'

'우리 좀 더 만나볼래요?'

라는 말이 수줍게 얼굴을 내밀 때마다

폭신폭신하고 달콤한 빵을 하나씩 집어 들었다.

그리고 양손 가득 빵을 사와 당신의 손에 쥐여주었다.

당신은 쑥스럽게 받아들고

나를 보고 환하게 미소 지었다.

하고 싶었던 어떤 말보다 내 마음이 잘 전달된 것 같은 날.
당신 덕분에 처음 경험한 새로운 사랑표현 방식.

"내가 왜 좋아?"
"그냥, 너니까."

결혼. 두 사람이 평행우주처럼 다른 인생을 살다가,
어느 날 만나 수줍고 낯설게 시작해, 연애를 하다 가족이
된다는 건 아무리 생각해도 신기한 일이야.
나는 먼저 결혼한 친구에게 물었어.

"이 사람이 내 사람이라는 걸 어떻게 확신해?"
친구는 잠시 고민하다 입을 열었지.
"그냥. 음... 어느 순간 그 사람과 결혼하겠다는 생각이
들었어."

내가 같은 질문을 너에게 할 때면 너는 늘 '그냥'이라고
답했었지. 나는 귀찮다는 말로 들려서 그럴 때마다 이유를
알려달라고 보채곤 했어.

생각해보니 여러 해를 함께하면서 너는 단 한 번도 내 외모가 좋다거나 특정한 이유로 나를 좋아한다고 말한 적이 없는 것 같아.
"이유? 그냥 너라서 좋은 거지"라고 했을 뿐.

외모에 따라, 상황에 따라 내 자존감이 왔다 갔다 할 때마다 너는 가만히 나를 지켜보다가, 처음 봤을 때나 지금이나 변한 게 없다고 말했어.
"너는 그냥 너고, 그래서 좋아."

생각해보면 수식 없이 언제나 단답형이던 너의 말은, 내가 그 누구의 칭찬도 진심으로 받아들이지 못하던 울퉁불퉁한 마음이었을 때에도 나를 보듬던, 나보다 나를 먼저 생각해주는 말이었어.

오늘, 당신의 미소가 나의 하루를 밝히네요.

내일은 내가 가장 예쁜 미소로

당신의 하루를 밝힐게요.

나의 세상은

당신의 미소와

당신의 기분 좋은 허밍 위에

세워져 있어요.

망설이는 친구에게

오랜만에 만난 너는, 좋아하는 사람이 생겼다고 내게 수줍게 말했지. 모든 관계를 신중하게 여기는 너의 입에서 나오는 말이어서, 내가 더 신이 났던 것 같아.

"그 사람은 네 마음을 알아?"라고 물었을 때,
너는 그 사람이 부담스러워할까 봐 걱정된다고,
또 고백이라는 게 낯간지러운 일이라고 말했어.
어차피 부서가 바뀌어서 볼 일이 없어졌다며
쓸쓸한 표정을 지으면서 말이야.

나는 마음이 아팠어.
"좋아하면 표현해야지. 부서가 바뀌면 어때?
어차피 어디서든 만날 수 있잖아. 연락해봐, 응?

네 감정을 혼자서만 갖고 있지 마."

나는 진심이었어. 누군가를 좋아하는 감정은 소중한 거니까.
매번 찾아오는 게 아니니까.

고백하고 나면 아마 공기의 맛부터 달라질 거야.
내 마음을 전했다는 두근거림, 설렘만으로도 달콤한 맛이
날걸!

어느 멋진 분이 이런 말을 했어. "상대방에 대한 호감을
표현했는데 그가 거절하는 것은 사랑의 실패가 아니라
사랑을 표현한 것에 성공한 것"이라고.

친구야, 그러니까 용기를 내봐.
혼자서 두렵다면 내가 옆에 있어줄게.

나는 말을 모으는 사람이에요.

당신이 무엇을 겪었든 당신을

붙잡아줄 말을 모으는 사람.

가을이 온다.

하늘이 높아져도

높은 하늘을 쫓으며

너를 오랫동안 생각할 거야.

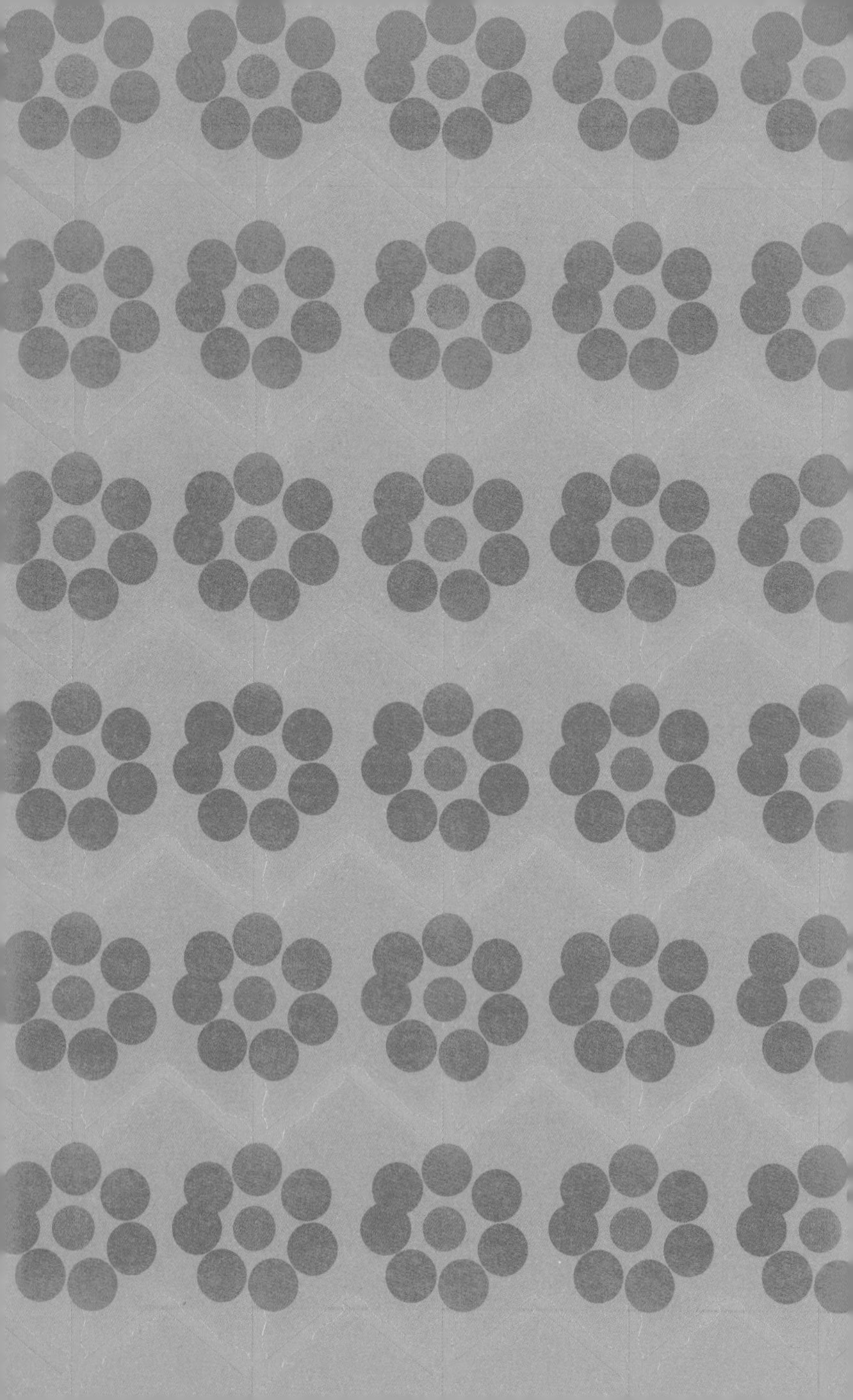

사랑은 오래 참고 사랑은 온유하며

시기하지 않는 것.

사랑은 자랑하지 아니하고 교만하지 않는 것.

무례히 행하지 아니하고 자기의 유익을

구하지 않는 것.

성내지 아니하고, 악한 것을 생각하지 아니하며

불의를 기뻐하지 아니하고, 진리와 함께

기뻐하는 것.

모든 것을 참고 모든 것을 믿으며

모든 것을 바라며, 모든 것을 견디는 것.

- 고린도전서 13장 4절~7절 -

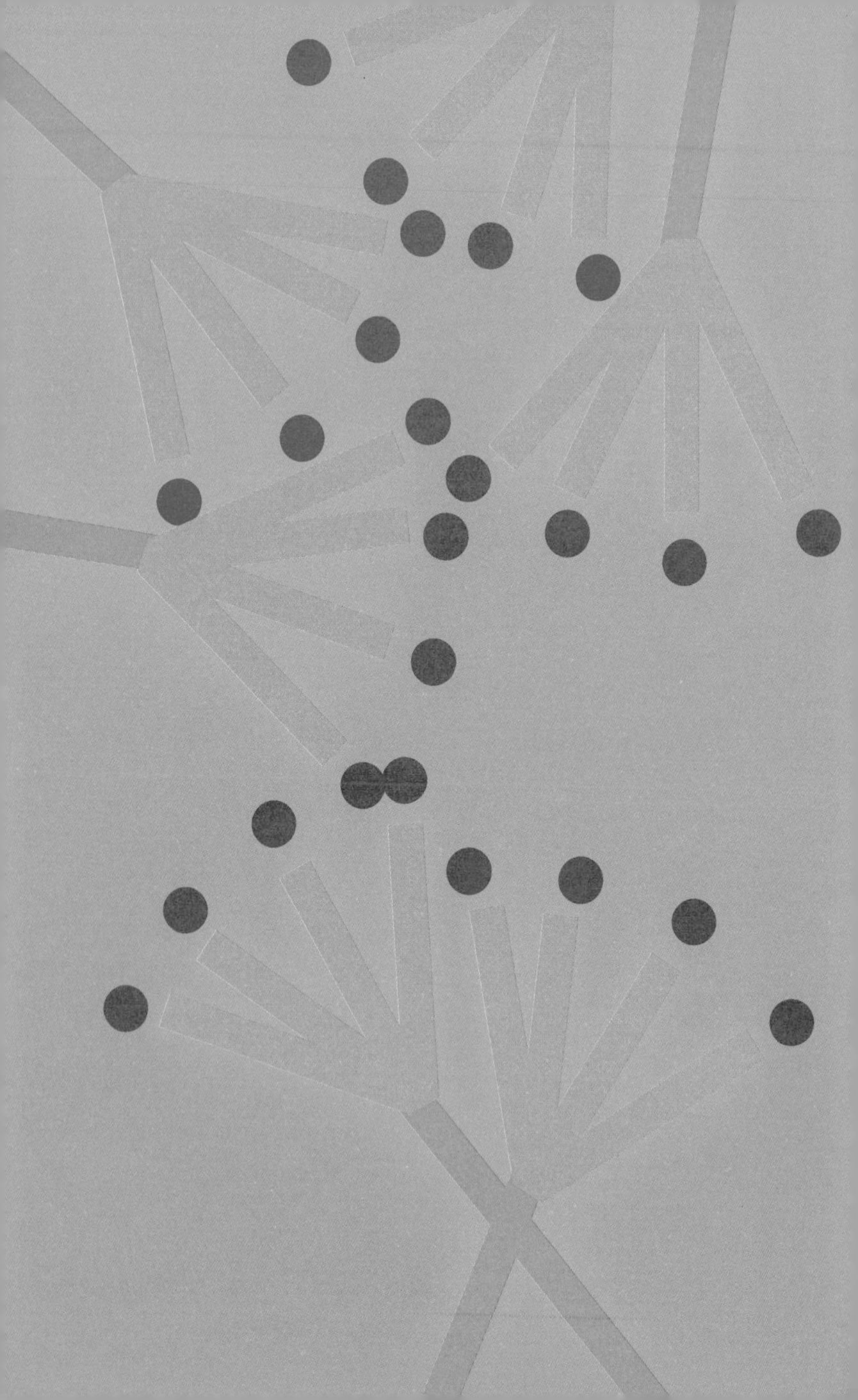

너를 위해 2.

우리의 계절이

바로 눈앞에 있어

엇갈림

관계를 개선하고자 했던 나의 조심스러운 말들이

그에게는 잔소리 정도로 들렸다.

참고 견디다 못해 그에게 폐허가 되어가는

내 마음을 꺼내 보이며

쌓인 말들을 모두 쏟아내었다.

나는 이야기하면서 마음의 응어리가 점차 풀렸지만

그는 점점 이별을 향해 가고 있었다.

우리는 그렇게 또 엇갈렸다.

Is it worth it?

관계를 이어갈지 포기할지 갈림길에 서 있을 때

스스로에게 묻는 말.

"Is it worth it?" 가치가 있는 일인가?

힘들어도 내 감정을 소모할 만한 가치가 있는 관계인가?

내가 기꺼이 더 견딜 만한 가치가 있는 사람인가?

곰곰이 생각해보는 그 시간을 보낼 때면

아무도 모르게 쓸쓸한 새벽녘을 맞이하는 기분이 든다.

이별로 이어진 관계들을 새삼 돌이켜본다.

그때의 우리는 어떤 부분이 결핍되었던 걸까?

실타래처럼 얽힌 수많은 인연 중에

가장 굵고 강한 끈이라고 생각했던 관계를

어떻게든 지키고 싶었지만,

서로의 방향이 달라 아무리 애를 써도

늘 마음이 공허했다.

잘해주고 싶어서 한 행동이 오히려 부담을 주었다.

그 사람이 멀어져버린 이제야 조금 알 것 같다.

*

모든 위기의 순간에

온 힘을 쏟을 필요는 없어요.

한 발 한 발 내딛기 힘든 구간은

그 길을 계속 갈지 말지 결정할 수 있는

기회의 구간이기도 하니까요.

립스틱

이별 뒤 누군가는 추억이 담긴 사진과 선물을

아주 오랫동안 버리지 못하고,

누군가는 속 시원해하며 미련 없이 버린다.

감정을 남기지 않기 위해서라면

없애버리는 게 맞기도 하겠지만,

나는 늘 조금은 천천히 잊고 싶다.

그가 준 선물을 이따끔 꺼내어 조금씩 써본다.

"기껏 립스틱인데 뭐."

언젠간 닳고 닳아 없어질 물건인 걸 알기에

*

후련하면서도
한편으론 섭섭한 마음. 그런 애매한 마음.

서랍장에 둔 립스틱을 만지작만지작 꺼내어
조금씩 줄어든 그 완만한 모양을 바라본다.
다 써버려 없어질 때쯤 그를 잊겠다는
이기적인 안도감을 품고….

Present

'Present'라는 단어에는 두 가지 의미가 담겨 있다.

'현재'와 '선물'.

어릴 적 선생님이 출석체크를 하면서 이름을 부를 때면

한 명씩 'Present!'라고 손을 번쩍 들어 외치곤 했다.

마치 '저 살아 있어요'

'이 순간은 저도 선물이에요'를

한 명씩 귀엽게 말하는 것 같았던 순간.

이제는 누군가가 '오늘도 잘 살아 있어?'라고

아침마다 확인하지도,

매일 내 안부를 궁금해하는 사람을 향해

Present라는 예쁜 말을 입에 올릴 일도 없지만

오늘만큼은 나에게 이렇게 말해주고 싶다.

Present is a gift.

적록테스트

시력 검사를 하러 갔는데 적색과 녹색 빛을 보여주더라.

녹색 빛이 뚜렷하면 원시, 적색 빛이 뚜렷하면 근시인

거라면서 검안사분이 사진을 한 장씩 천천히 넘겼어.

그런데 참 희한하게 어느 장에선 적색이 뚜렷했다가

어느 장에선 녹색이 뚜렷하게 보이는 거야.

나는 그때, 너와의 이별이 떠올랐어.

적색도 녹색도 어느 것 하나 치우치지 않은 것처럼

확신할 수 없었던 너와의 관계가.

애틋하기도 하고, 낯설기도 한 너와의 관계가.

어느 날에는 이별하기를 참 잘했다고 스스로 다독이다가

또 어느 날에는 눈물이 멈추질 않았지.

참 격랑 같은 나날이었어.

그렇게 적색과 녹색의 갈림길을 오가면서 깨달은 것이

있다면, 너와 가까울 때든 멀어질 때든

나는 너를 그리워하고 있다는 거야.

적색이든 녹색이든 마음이 다하는 날까지 너를 보고 싶어

한다는 거야.

잊히지 않는 기억

남의 시선을 신경 쓰던 내가

네 앞에서는 주변 모두가 사라지는 걸 경험했어.

그 순간에는 정말 너만 보이더라.

잔잔한 노래, 은은한 조명 아래

우리 모습이 그림처럼 각인돼 있어.

꿈을 꾼 것처럼 흐릿하면서도

그 순간만큼은 잊히지 않아.

단 하루만 시간을 돌릴 수 있다면

나는 다시 그날로 갈래.

너에게 아무런 투정도, 아무런 말도 하지 않을게.

그저 너를 조금만 더, 조금만 더 눈에 담아보고 싶어.

가장 예뻤던 우리의 모습, 그 모습을 오래오래 간직할게.

오래 마음을 데우는 기억

지나고 보면 소소한 추억들이 가장 오래 마음을 데우는 것 같아.

사소한 다툼 뒤에 언제 그랬냐는 듯 해맑은 너의 아침인사, 밥은 먹었는지, 지금 뭐 하는지 같은 일상의 안부들이 문득 쓸쓸한 마음이 들 때 미소 짓게 하니까 말이야.

우리 같이 오이도에 놀러간 날 기억나?
"오이도… 영어로 cucumber island인가?"라는 나의 말에
너는 어린아이처럼 말갛게 웃었어.
가만히 있어도 입김이 날만큼 추운 날 오이도에서
우리는 거리의 포장마차에 멈춰 섰지.

네가 천 원짜리를 주섬주섬 꺼내 꼬치 하나를 내 손에

쥐여주었을 때, 세상의 모든 온기가 내 손에 닿는 것
같았어.

그 시기, 그날… 어쩌면 너는 가장 힘든 시기를
통과하면서도 나를 세심하게 보살피고 아껴주었어.

4호선 종착지 그곳에, 그날로 다시 돌아간다면 내가 받은
온기의 몇 배로 너의 마음에 닿을 따뜻한 말을 전하고 싶어.

괜찮다고, 잘하고 있다고, 여전히 응원한다고.
그러니 자신을 탓하지 말라고.

*

그때 그 계절

차가운 이 공기가 당신을 불러일으킨다.

이제 남은 건 당신의 그림자뿐.

더는 닿을 수 없이 멀어졌지만….

어떻게 지내?

여전히 많이 힘들어?

별들을 향해 손을 뻗던 당신의 모습이 아련하다.

여전히 별처럼 반짝이는 꿈을 꾸는지 묻고 싶다.

설유화부터 꽂아볼까요?

"설유화부터 꽂아볼까요?

이 꽃은 배경 역할을 하는 꽃이라고 불려요.

이 친구들이 없고 주인공만 있으면

답답한 느낌이 들거든요.

꽃꽂이에는 영화에 나오는 배우들처럼

배경, 엑스트라, 조연, 주인공이 모두 있어요."

"선생님. 그러면 오늘은 어떤 꽃이 주인공이에요?"

"오늘은 모두가 다 주인공이에요.

각자 주어진 자리에서 주인공 역할을 하기 때문이죠.

모두가 주인공이 될 수 있어요."

우리는 늘 최선을 다해

우리는 늘 최선을 다해 사랑했을 것이다.

그 사람에게 줄 수 있는 최고의 사랑을 표현하고,

필요한 것을 채워주고,

때로는 내 그릇을 넘어서는 것 이상의 배려를 하면서.

내가 받고 싶으니 상대도 원할 것이라고

내 관심과 생각을 대입하고 믿으면서.

하지만 상대가 나의 성의에 눈길조차 주지 않는다면

그때는 손을 툭툭 털고 돌아서도 좋다.

나의 가치를 짓밟아 내가 훼손되는 것 같다면

하루 빨리 안녕히 가라고 문을 활짝 열어주는 게 낫다.

언제나 내 마음을 지키는 게 가장 우선이기 때문에.

내 발에 맞는 신발

며칠 전에, 산 지 오래되지 않은 샌들에 쓸려 상처가 났어.
아직 새 신발이고 신을 날이 많을 거라 생각해서
더 속상했지. 베인 발등을 보면서 문득 사람과의 관계도
이 신발 같다는 생각을 했어.

우리는 수많은 기회와 선택지 앞에서 하나를 정해.
함께 오랜 시간을 보낼 생각에 설레기도 하고, 혹시라도
때가 탈까 걱정이 앞서 선택을 망설이기도 하지만, 그런
생각도 잠시 머물다 사라질 뿐, 결국엔 내 마음에 드는 걸
집어 들지.

그렇게 우리는 고민 끝에 고른 신발을 애지중지 아끼고,
주변에 자랑도 해. 누군가 부러워하거나 칭찬이라도 하면

어깨가 으쓱해지고.

그런데 어느 날 생각지도 못한 곳에 상처가 나 신을 수 없는 때가 와. '이번에는 정말 잘 골랐어, 좋은 신발이야'라고 생각했는데, 이번에도 역시 내 선택은 실패였나 싶어 속상해져. 남들이 편하다고 해서 신었는데 돌아오는 거라곤 굳은살과 반창고를 덕지덕지 붙인 상처뿐인 발이니까.

급하게 다른 신을 거리를 찾다가 결국 자주 꺼내 신는 신발 하나를 집어 들어. 문득 신발장이 휴대폰 연락처 같단 생각을 했어. 신발도 사람도 정작 자주 찾는 건 소수이니까.

새로운 깨달음이라도 얻은 것처럼 신발장을 깊숙이 뒤지고 정리해. 미련 없이 버릴 신발은 이 상자에, 나보다 이 신발이 더 필요하고 더 잘 어울릴 것 같은 친구에게 줄 신발은 이 주머니에, 때가 탔지만 한때 즐겨 신었던 반가운 신발에는 시원한 물을 끼얹어 닦아주기도 해. "그동안 고마웠어." 작별인사도 해보고.

한결같이 내 곁을 지켜준 사람, 든든한 버팀목 같은 친구들, 그리고 내가 잘나갈 때는 연락이 끊이질 않다가, 내가 전과 같지 않으면 조용히 사라져버린 이들도 함께 떠올려봐.

소홀해진 관계들은 오래 신지 않은 신발처럼
발에 생채기만 남기겠지?

조금 씁쓸하고 버거운 마음이 드는 건 어쩔 수 없나 봐. 인생의 한때를 함께했던 소중한 인연이고 앞으로 각자 새로운 길을 걷게 될 텐데, 걱정 대신 기대하는 마음으로 보내줄게.

이참에 내게 딱 맞는 몇 켤레만 남겨야겠어.
'굳은살이 생기면 좀 괜찮아질거야'라면서 무리하게
버티지도, '갖고 싶었던 신발이니까 참아야지' 하면서
사소한 욕망에 앞으로의 나를 희생하지도 않을 거야.

적당한 거리

친밀한 관계에도 필요한,

하지만 사람마다 달라서 적응하기 어려운

'적당한 거리'를 이해하고 싶다면

유리잔을 떠올리면 돼요.

같은 유리잔만 계속 사용하다 보면 흠집이 생기기도 하고,

무심코 다루다가 깨질 수도 있어요. 깨진 조각은 눈에 띌

정도로 크기도 하지만, 작은 파편들도 많아 나도 모르게

생채기가 남기도 해요.

우리 이렇게 생각해봐요.

친구관계는 장롱에 있는 잔들을 돌아가며 사용하는 것과

같다고요.

어렵게 구한 잔도 있고, 선물 받은 잔도 있고

사용하기 어려운 잔이 있는가 하면,

편하게 꺼내드는 잔도 있어요.

특징이 분명해서 기억하기 좋은 잔이 있는가 하면,

뚜렷이 떠올리기 어려운 잔도 있어요.

우리, 어느 하나만 고집하지 마요.

고루 살펴보고 각자에게 의미를 부여해서

모두 의미 있는 잔으로 곁에 두어요.

어느 잔도 무리하지 않게,

오래오래 아껴가며 쓸 수 있게.

너무 멀지도 않게, 너무 가깝지도 않게.

반드시 절친한 친구여야 할 필요는 없어요.

어쩌면 우리에게 필요한 건,

모든 걸 나누는 '촘촘한 대화'보다

모든 갈등을 덮으려는 '무리한 관용'보다

충돌하는 것일지 몰라요.

숨김없이 말할 수 있는 권리를

한쪽만 독점해서는 안 돼요.

모두가 동등하게

자신의 속마음을 터놓을 수 있어야 해요.

멀어진다

너에게 미안해.

칼날보다 날카로운 말들로 아프게 해서 미안해.

내 마음이 돌아올 때까지 기다린다던

너의 진심 어린 말이 내게 부담으로 다가왔나 봐.

너도 날마다 사랑받아야 할 사람인데

모든 중심이 나에게 있던 이기적인 관계였잖아….

나는 너의 선의를 당연하게 여겼어.

쉽게 주어지는 건 없다는 걸 알면서도

만만하게 받기만 하는 내 모습을 발견할 때

미안해 머뭇거리면서도, 결국 아무것도 하지 않았지.

너는 나의 모든 걸 좋아해주었어.

너는 너의 열정이 내 마음을 움직일 거라 말했고

시간을 두고 지켜봐달라고 했어.

그런데 내 마음은 쉽게 변하지 않았고

그래서 결심했던 것 같아.

네가 가장 아파할 말들로 너를 밀어내자고.

애쓰는 네 모습을 더는 볼 수가 없어서

내가 할 수 있는 가장 아픈 말들로 상처를 주며

네가 떠나가기를 바랐어.

좋은 친구로라도 남자고 하는 너에게

"아니, 우리 그러지 말자"라고 말했지.

너를 더는 다치게 하기 싫어.

나를 더는 기다리지 말아줘.

한 발 다가서면 한 발 멀어지던 당신
그토록 마음을 숨기고 싶어 하더니
끝내 보여주지 않고 떠나가 버리네요.

내가 품어줬을 텐데,
안아줬을 텐데.

돌이킬 수 없이 너무 늦어버렸네요.

너무 힘이 드나요?

당신, 많이 지친 것 같아요.

그 어떤 친절도 위로가 되지 않을 정도로요.

그래서 그렇게, 혼자 울고만 있는 거예요?

당신에겐 천천히 흘려보내는 시간이 필요해요.

지금까지 열정을 다했으니,

이제 침묵을 음미해보면 어때요?

완보하면서 자연을 감상하는 것처럼

음식을 꼭꼭 씹어 잘 소화시키는 것처럼

더디게, 느리게요.

어제는 지나갔고

지금의 고통도 곧 과거가 돼요.

오늘의 휴식도, 오늘의 게으름도

지나가는 한때일 뿐이에요.

인생의 한 시기쯤 그냥 건너뛰면 어때요?

결혼식을 축하해주러 온 몇백 명의 사람보다

오지 않은 몇 명의 사람을 두고 걱정하는

나 자신을 발견했다.

“왜 오지 않았을까?”

“내가 뭘 잘못했나?”

생각에 잠긴 내게 친구는 무심하게 몇 마디 건넸다.

“너무 깊게 생각하지 마. 너를 축하해주러

온 사람들이 이렇게나 많은데.”

“그래, 너는 지금 어디를 보고 있는 거니.”

이상적인 친구

오랜만이다.

정말 얼마 만이니?

요즘 좀 지쳐 있었는데 너랑 이렇게 얘기하니까

피로가 다 풀린다.

자주 보고 싶은데, 그러지를 못하네.

그래도 가끔 만나니까 더 애틋하고 할 얘기도

더 많은 것 같아, 그치?

바쁠 땐 자주 생각하고 가끔 보면 되지.

그래, 그게 좋겠다.

우리 10년 뒤에는 어떤 모습일까?

그때는 아이들 데리고 오자.

결혼도 했겠지?

에에 몰라~ 나는 혼자 살란다.

하하.

우리 오랜만에 봤는데 사진 찍을까?

그래! 야. 보정해줄 거지?

당연한 소리.

나 나이 들었나 봐, 눈가에 주름 생긴 것 같아.

그래도 예뻐.

에이~

자, 찍는다~!

하나! 둘! 셋!

나의 속도에 맞춰

매일 잠자고 일어나는 일만 하는 것 같은데도

소진되는 기분일 때가 있어요.

쉬어가도 된다는 말은 듣기 좋은 얘기일 뿐

현실은 계속해서 달리라고 말하니까요.

그런데 그거 알아요?

우리는 모두 각자의 차선에서만 달리는 거래요.

모양도 최종목적지도 다른 길을

우리 각자 혼자서 달리고 있는 거래요.

누가 내 앞에 끼어드는 것 같고

누가 나를 추월하는 것 같아도

사실 우리는 레이싱카 대결을 하고 있는 게 아니에요.

빨리 가는 때가 있으면

느리게 가는 때도 있는데,

그게 사람마다 달라서 경주하듯 달리는 걸로 보일 뿐이래요.

당신의 목적지는 어디인가요?

당신은 원하는 속도로 달리고 있나요?

누군가가 지나쳐가도 불안해하지 마세요.

당신은 당신의 차선에서 충분히 잘하고 있어요.

조금 실수하면 어때?

다시 하면 되지

조금 못하면 어때?

그러면서 배우는 거지

So what?

그럴 수도 있지, 뭐 어때?

당근 보충

당근만 주세요.

채찍은 원치 않아도 여기저기서 날아오는걸요.

화살처럼 아프고 무서워요.

나는 상처를 신경 쓰지 않을 만큼 강하지 않아요.

나를 위한 채찍이라고요? 하지만 나는 싫어요.

나한테는 당근만 주세요.

당근은 먹어도 먹어도 질리지 않고

먹어도 먹어도 배가 차지 않아요.

우리 서로에게 너무 엄격하지 말아요.

가만히 있어도 약해지는 세상이잖아요.

서로 보듬고 서로를 키워줘요.

우리 같이 당근으로 보충해요.

우리의 마음을 보충해요.

그런 친구가 있으면 좋겠다

언제 닳을지 모르는 불안한 관계 말고

잘못 맞춰진 주파수처럼 혼선이 생기는 관계 말고

언제든 다시 마주쳐도

안부 한마디 한마디가 진심인 관계.

기쁠 때 어떠한 벽도 없이 편하게 연락할 수 있고

내일을 함께 살아가야 할 이유를 선물하는 관계.

그런 친구가 있으면 정말 좋겠다.

두려운 일이 있나요?

걱정되는 일이 있나요?

감당할 수 없을 만큼 커 보이나요?

다시 작게 만들면 돼요.

다시 잘 살펴보면 별것 아닌 걸 알게 될 거예요.

너무 심각하거나 중대하게 여길 필요도 없어요.

크고 위협적으로 보이는 그것을 우스꽝스럽게 보세요.

유쾌하고 명랑한 마음으로 무게를 가볍게 하고 나면

새로운 가능성, 새로운 희망이 보일 거예요.

늘 내 옆에 있었으나, 가려 보이지 않았던

소중한 무언가가 보일 거예요.

미래의 아이에게

아이야, 부탁이 하나 있어.

네가 커서 어른이 되어도

가끔은 우리 가족 함께 커플 옷 입고

온종일 밖에서 시간을 보내자.

그 정도는 해줄 수 있지?

너에게 언제나 좋은 친구가 되고 싶어.

조금 더 뜨거워지는 선택을

나는 순간마다 마음이 가는 선택을 하며 살아왔어요.

남들이 공부할 때 내가 좋아하는 다른 걸 택했고,

남들이 한창 경력을 쌓아갈 때 다시 공부를 택했어요.

그리고 나를 향한 주변의 기대를 저버리고 결혼을 택했죠.

누군가는 말해요. 왜 그렇게 빨리 가느냐고,

그동안 일한 시간이 아깝다고, 후회할 거라고,

그런데 나는 내 선택을 후회한 적이 결코 없어요.

내 선택이 완벽하지 않을지라도

그 당시에는 그것이 최고의 선택이었으니까요.

나는 그때의 나를 존중하기 때문에,

선택에 대한 후회 대신 기뻐할 일을 찾아요.

이 세상 누구보다 내가 잘되기를 바라는 사람은
'나'예요. 그러니 누구보다 나의 선택을 응원해주세요.

선택 앞에 갈등과 어려움을 겪기도 하지만,
그때마다 마음이 조금 더 뜨거워지는 선택을 하는 것.
그것만큼 후회가 남지 않는 방법은 없어요.

나만의 행복 다짐

수식어에 집착하지 않기.

화려함보다는 소박함이

더 어울리는 사람임을 잊지 않기.

다른 사람들이 볼 때 밝고 건강한 것은
중요하지 않아요.
정말 '밝다'는 건, '건강하다'는 건
나의 기쁨과 노여움, 슬픔과 즐거움을
모두 드러낼 수 있는 힘에서 나오니까요.

내 마음의 가치를 만만히 여기는 사람에게
단호하게, 엄격하게 안 된다고 말할 수 없는 사람은
자신을 괴롭히고 있는 거예요.

스스로를 훼손하는 행위이고,
내면에 깃든 영혼에게 죄를 짓고 있는 거예요.

당신은 그렇게 함부로 취급되어서는 안 돼요.

기대하지 않을게

"기대할게"라는 말 사실 되게 부담되는 말이잖아요.

그 짧은 말이 전하는 무게를 당신은 잘 아니까,

당신 자신에게도 너무 많은 부담을 주지는 마세요.

기대한다는 말 대신에 이렇게 이야기해보세요.

"잘 될 거야."

"재밌겠다."

"결정하기까지 쉽지 않았잖아. 지금까지 충분히 수고했어."

"널 응원해."

"나는 언제나 너의 편이야."

이제는 '기대'라는 말 대신 '어떤 결과가 있던 나의

편이야'라는 말로 당신을 지지해주세요.

우리, 나 자신을 '잘' 응원하는 방법을 배워봐요.

사랑하는 사람과의 대화사전에서도

친구와의 대화사전에서도

'기대'라는 단어를 조심스럽게 지워봐요.

"기대하지 않을게. 그러니까 부담 갖지 말고 즐겨."

나는 주저앉기보다

빗속에서도 춤을 추며 나아가는 사람이고 싶다.

멀리 있는 것이 잘 보이지 않는다면,

보이지 않는 것을 억지로 보기 위해

미간을 찌푸리기보다

가까이에 있는 것들을 새롭게 발견하고 사랑하겠다.

*

당신의 마음이 편하기를

눈치 보지 말고, 다른 사람의 표정과 말에 흔들리지 말고

마음 편하게 지내세요.

누군가가 날 좋아하지 않는 건 그 사람 자유이니

날 바라봐달라고, 좋아해달라고 애걸하지 마세요.

그 사람 말고 당신 곁의 사람들과 기분 좋은 이야기와

에너지를 주고받으며 지내세요.

이제 그 사람에게서 시선을 거두세요.

누군가가 나를 싫어한다면

그건 그 사람 문제이지 내 문제가 아니니까요.

내려오는 일

나는 내려오는 상상을 습관처럼 했던 것 같다.

정상에서 내려올 때 자신의 상황을 받아들이지 못해

괴로움과 고통을 느꼈다는 이야기,

공허함밖에 없다는, 그 힘든 이야기들을 많이 들어왔기

때문에.

예고 없이 미끄러져 내려가는 것보단

미끄러질 사실을 알고 내려가면

조금 덜 아프지 않을까 해서.

연약한 마음이 할 수 있는 최선의 방어,

최선의 준비로서.

그 손 잡지 않을게요

치열하고 불안한 삶을 사는 사람 곁에

뿌리 깊은 나무가 되어준다는 건,

그래서 그 사람이 흔들릴 때마다

기댈 존재가 되어준다는 건 정말 멋진 일이죠.

그런데 나 역시도, 바람에 흩날리는 가을의 나뭇잎 같은

상태라면 섣불리 그 사람의 손을 잡지 마세요.

다른 든든한 존재가 잡을 수 있게, 놓아두세요.

내가 섣불리 잡았다가

상대에게 더 큰 상처를 줄 수 있으니까요.

상대의 손을 얼른 잡기보다

조금 더 신중하게 손을 잡는 것.

그 손의 무게를 감당하지 못할 것 같다면 잡지 않는 것.

그게 상대에 대한 최선일 수 있어요.

"내가 더 건강해지면 잡을게요.

대책 없이 '나에게 기대도 좋아'라고 해놓고

당신을 실망시키지 않을게요.

지금은 그 손 잡지 않을게요."

시선이 참 예뻐요

시선이 예쁜 사람을 좋아한다.

남들 눈엔 미운 오리로밖에 보이지 않는 누군가의 모습에서

백조가 될 만한, 무한한 가능성을 볼 줄 아는 사람.

풍랑 뒤에 찾아오는 고요가

더 깊고 길다는 것을 아는 지혜처럼,

투박한 말 속에서도 내면의 온기를 느끼는 사람.

숨어버리고 싶을 때마다 찾게 되는 사람.

시간을 견딘 바위처럼 잠잠히 내 이야기에

귀 기울이는 사람.

그런 기대감을 심어주는 사람 같아서.

관계에서 중요한 지혜

비교하지 않는 마음이

관계의 품위를 가져온다는 걸 기억하기.

사랑은 감각이나 분위기가 아니라

마음이 편안한 상태, 그 자체임을 기억하기.

외로움에서 도망치고 싶어 하는 마음이, 곧

무언가에 중독되고 싶은 마음과 같음을 이해하기.

그러니, 철저히 외로운 순간을 두려워하지 말기

호의를 베풀거나 거절하기 전에 나의 동기를

먼저 살피는 신중함.

대화 중간중간에 쉼표를 더해주는 편안한 미소.

선인장

식물을 참 좋아하는 언니가 있다. 하루는 여러 종류의 식물을 키우고 있는 언니에게 물었다.

"언니, 식물들 잘 자라고 있어요?"

"응. 다 잘 자라고는 있는데, 난 선인장이 제일 키우기 힘드네."

제일 쉬울 거라고 생각했던 나는, 언니의 대답에 놀라 다시 물었다.

"물 한 달에 한 번만 주면 되는 거 아니에요? 제일 키우기 쉬운 줄 알았는데."

"그렇긴 한데 물을 얼마나 줘야 하는지 모르겠어. 너무 많이 줘도 안 되고, 너무 적게 줘도 안 되고."

언니는 손이 많이 가는 식물들에는 알람을 맞춰놓고 물을

줄 정도로 신경을 썼지만, 선인장은 가만히 두어도 잘
자란다고 생각해 늘 우선순위에서 미뤄두었다고 말했다.
그렇게 어느 날 보니, 선인장이 바짝 말라 있었다고 했다.

나는 사람 간의 관계도 비슷하다는 생각을 했다. 사람들은
대개 사회에서 만난 사람, 적당히 긴장감을 가지고 만나야
하는 사람들에게는 주의를 기울이고 시간과 정성을 쏟지만,
정작 나를 사랑하는 가까운 사람들에게는 무심할 때가 많다.
사소한 일들에 굳이 허락을 구하지 않아도, 감정을 살피며
말하지 않아도 언제나 내 곁에 있을 거라는 생각 때문에.
그러다 어느 순간, 그 사람이 곁에 없는 걸 알았을 땐 뒤늦게
후회한다.
가장 쉬운 줄 알았지만, 사실 가장 관심을 써야 하는
선인장처럼 가까운 관계란 그렇다.

나는 머릿속에 떠오르는 몇몇 얼굴들에게 말을 걸었다.
선인장에게 물을 주는 마음으로.
'내 옆을 지켜준 건 너인데 그동안 내가 너무 무심했지? 많이

서운했겠다. 미안해. 아직 너무 늦지 않았다면, 이제라도
나의 마음을 받아주겠니?'

힘을 뺀 한 걸음

사랑을 하면 두려운 마음들이 어김없이 찾아온다.

내가 어찌할 수 없는 순간이 오겠지, 하는 막연한 염려.

생각하기 싫은 순간이 떠오를 때마다 다짐한다.

두려워하지 않겠다고.

이별 앞에서 너무 절박하지 않을 거라고.

정면으로 마주하는 방법밖에 내가 할 게 없고,

대단한 결단이나 긍정도 그 순간엔 아무 쓸모도 없다고.

필요한 건 하루하루를 살아가는

힘을 뺀 한 걸음, 한 걸음뿐이라고.

엄마에게

엄마, 오늘도 나는 엄마의 모습을 찰칵 내 마음속에 담아놓았어. 드라마를 보면서 눈물을 찔끔 흘리다가도, 나랑 눈이 마주치니까 수줍게 웃는 엄마 모습이 너무 귀여워서.

조금만 가도 멀미로 힘들어하던 엄마가, 좋아하는 수제비를 먹으러 갈 때는 아무리 길이 멀어도, 아무리 길이 울퉁불퉁해도, 눈을 반짝이며 창밖을 보니까. 그 모습이 너무 예뻐서.

"내가 먹어본 수제비 중에 최고야!"라며 두 손을 꼭 모으고 침을 꼴깍꼴깍 삼키면서 말하는 엄마가, 사랑에 빠진 여주인공 눈을 한 엄마가, 가슴이 먹먹할 정도로 사랑스러워서.

엄마, 나이가 들수록 사랑스러운 '어린아이 엄마'를 만나게 해줘서 고마워.
오늘도 내가 할 수 있는 최고의 애정표현으로 꼭 안아줄게.
"엄만 정말 귀여워."

엄마, 다시 태어나도 엄마 딸로 태어나고 싶어.
그럼 우리 귀여운 엄마는 이렇게 말하겠지?
"다음 생애에는 네가 엄마 해~
엄마는 네 딸로 태어날 테니까 아주 잘해줘~"라고.

다음 생에 누가 엄마로 태어나고, 누가 딸로 태어나든
우리가 다시 만날 수만 있다면 나는 어떤 역할이든 기꺼이 할 거야.

엄마, 이제는 내가 지켜줄게.

오늘 문득 네가 생각났어. 늘 도시락이 올려져 있던 너의 책상 위에 그날은 아무것도 올려져 있지 않았지. 도시락을 놓고 왔나, 생각하던 찰나에 네가 깜짝 놀란 듯 교실 앞으로 뛰어나갔어.

교실 문 앞에는 때가 많이 탄 유니폼을 입은 어른 한 분이 도시락을 들고 서 있었어. 너의 아버지인 듯했어. 어린 너에게는 더럽혀진 아버지의 유니폼이 많이 부끄러웠던 걸까? 너는 자그마한 몸으로 아버지를 힘껏 밀면서 말했어.
"나가! 나가라고!"
아버지는 크게 당황하셨지만, 끝까지 웃으면서 침착하게 말씀하셨지. "알았어. 도시락 주러 온 거니까 이것만 받아. 이것만 주고 갈게."

너에겐 아버지의 말이 들리지 않는 것 같았어. 계속 나가라고 외치는 너를 보다 못한 선생님이 결국 도시락을 받아주셨던 것 같아.

아버지의 촉촉했던 눈가를 지금도 생생히 떠올릴 수 있어. 바쁘게 일하시다가 아들에게 도시락을 건네주기 위해 뛰어오면서 흘린 땀이었을까? 더운 여름 날씨 때문이었을까? 반가워하지 않는 너의 모습에 서운해서였을까? 아니면 미안해서였을까.

너에게도 그날은 아마 가장 후회되는 날이지 않을까? 어린 너를 탓하며 스스로에게 상처를 주진 않았을까… 문득 생각해.
능숙한 손놀림으로 칼질을 하고 한 손으로는 프라이팬을 휘휘 흔드는 아버지의 일하시는 모습을, 너는 지금 어떻게 기억하고 있을까? 멋지게 기억하고 있을까?

그날 이후에도, 또 그다음 날에도, 매일 도시락을 싸주신

아버지의 마음을 너는 알게 되었을까? 어쩜 아버지를 자랑스럽게 여기게 된 네가 아버지처럼 요리사가 되어 있지는 않을까…?

문득 궁금해진다.

새로운 발견

나이를 먹을수록 좋은 점은

이렇게 당신의 귀여운 면, 사랑스러운 점을

하나하나 발견해나가게 된다는 것.

나를 보호해주던 당신의 울타리가

실은 연약한 것이고

그래서 더 감사하다는 사실을 알게 된다는 것.

상실을 겪은 사람에게

상실은

맥락도 없이, 뜬금없이

길 가다 발견한 깊은 구멍 같은 거예요.

이유를 알 수도 없고, 그냥 곁에 존재하는.

사랑하는 사람을 잃으면 이렇다고,

치명적인 상흔이나 상실은 이런 거라고

감히 누가 일반화할 수 있겠어요? 함부로.

우리는 그냥 되새길 뿐이에요.

큰 상심을 느끼게 하는 사건 앞에선,

속수무책으로 슬퍼하고 애도하는 것밖에 할 게 없다는 걸.

당신도 알게 될 거예요.

누구에게나 삶의 어느 지점에선

알 수 있고 할 수 있는 일이라곤 기도밖에 없음을

깨닫는 순간이 온다는 걸요.

우리는 측량할 수 없는 거대한 인생 앞에서

한없이 작아져서, 그저 나를 내려놓고

신의 손을 붙잡게 된다는 걸요.

꿈

초등학생 아이들을 대상으로 영어 과외를 한 적이 있다.

“What is your dream?(꿈이 뭐예요?)”이라는 질문에

아이들은 손을 번쩍번쩍 들며 활기찬 목소리로 답했다.

“유명한 야구선수가 되고 싶어요!”

“저는 축구선수요!”

“저는 변호사요!”

그때 한 아이가 “저는 좋은 아빠가 되고 싶어요!”라고

말했다.

다른 아이들은 눈살을 찌푸리며 “That’s not a dream(그건

꿈이 아니잖아)”이라고 말했지만, 그 친구는 아랑곳하지

않았다. 아이들은 직업이 아닌 ‘관계’에 대한 꿈이, ‘꿈’의

범주에 들지 않는다고 생각했던 걸까. 나는 엄마의 말씀이

떠올랐다. "평범한 게 가장 어려운 거지."

그날 집에 가는 내내 꿈에 대해 생각했다. 그동안에는 '어떤 커리어를 가져야 하는가'를 먼저 생각했다면 그날만큼은 '좋은 엄마'란 무엇인가를 두고 고민했다.

'엄마'라는 이름은 어쩌면 당연하면서도, 평범하게 다가오기도 한다. 하지만 내가 본 엄마는 가장 평범하고 연약해 보이지만 누구보다 강하고 특별한 기둥이었다.

엄마가 무너지는 날에는 뿌리가 불안정한 나무가 휘청이듯 온 가족이 휘청였고, 엄마가 웃는 날에는 집안 공기가 왠지 더 달콤했다.

엄마, 그 아름다운 이름을 떠올리며 나 역시도 '좋은 엄마가 될 수 있을까?' '나도 좋은 엄마가 되고 싶다'라는 생각에 가슴이 벅차오른다.

좋은 아빠가 되고 싶다던 그 아이는 알고 있을까? 자신의 꿈이 가장 위대한 꿈이라는 것을? 언젠가 그 친구를 다시 만난다면 아주 훌륭한 꿈이라고, 그의 꿈을 아주 많이 응원한다고 말해주고 싶다.

"어디 있어? 보여줘. 네가 말한 그 사랑이 어디 있어?
볼 수도 만질 수도 느낄 수도 없어.
몇 마디 말은 들리지만 너의 쉬운 말들은 나를
공허하게 할 뿐이야. 뭐라고 말하든 이젠 늦었어."
- 〈클로저〉 중에서 -

관계의 확신이 들지 않을 때는 음소거가 필요하다.
상대의 말보다 행동을 유심하게 살필 수 있도록.
나를 헷갈리게 하고 떠날 것 같다는 불안감을 주는
사람이라면,
나의 외로움을, 나의 심각함을 대수롭지 않게 넘기는
사람이라면
나 자신에게 이렇게 조언해주자.

'애매하게 문 앞에 서성이는 그 사람에게

나가는 출구를 친절하게 안내하라.'

이별의 방법

"지금 여러분이 마음의 카메라로 찍고 있는 장면이 마음에 들지 않으면, 불행하면, 외로우면, 장면을 바꿔보세요. 배경을 새로 만드세요. 배우들을 바꾸세요. 대본이 마음에 안 들면 무대를 내려와서 다시 쓰면 됩니다. 세상에는 수없이 많은 대본이 있어요."

-《살며 사랑하며 배우며》 중에서 -

상대의 마음이 떠난 것 같다면, 관계가 이미 일방적이 되었다는 것을 알게 됐다면, '아냐, 잘 될 거야'라고 위로해줄 사람을 밤새 찾지 말자.
그렇게나마 잠시 잠깐 편안할 순 있겠지만, 결국 정답을 알면서도 빙빙 도는 제자리걸음일 뿐이니까. 친구들은 내 말을 들어줄 수는 있어도 결국 결정권자는 나 자신이니까. 관계가 틀어졌을 때 합리화하며 어떻게든 유지할 방법을 시도할 순 있지만, 상대가 자꾸만 어그러뜨려 놓는 단추를 억지로 끼울 수는 없다.

나에게 필요한 건 '어떻게든 다시 사랑받을 방법'이 아닌 '나의 가치를 알아보는 나 자신'이다.

*

너무 숨기면 그 사람이 모를 것 같고

너무 솔직해지면 어느 한쪽이 마음

다칠까 두려워질 때,

가만히 생각해본다.

내일도 그 사람과 함께 걷고 싶은지.

발을 떼는 연습

어두운 터널 속 내가 내딛는 걸음이

어디를 향한 건지 알 수 없을 때에도

발을 떼는 연습을 하세요.

무엇이 됐든 제자리걸음보다는 나으니까요.

그렇게 한 걸음씩 가는 길이 순탄하다면

안심하고 감사하며 그 순간을 즐기면 돼요.

내디딜 때마다 새로운 고민과 고통이 더해질 뿐이라면

'그래도 이 한 발자국은 앞으로 갔잖아. 어쨌든 지나왔어.

저 길은 다시는 안 와'

라고 생각해보세요.

*

나를 보호해줄 사람들이 곁에 없고

나를 지탱해줄 사람이 오로지 나뿐인 상황에선

새로운 가치를 발견하게 돼요.

저는 그때 알았어요. 일기를 쓰는 기쁨이 뭔지,

책에서 나에게 힘을 주는 한마디를 발견하는 즐거움이

뭔지를요.

치열하고 고독한 노력이 어떤 새로운 기쁨을

주는지도요.

그렇게 바라던 '인생의 해답'은 여전히 찾지 못했어요.

하지만 매일 조금씩 나아가고 있고,

삶이 조금씩 저를 어느 방향으로 이끌고 있어요.

저는 언제나 마음이 향하는 곳을 따랐고, 순간순간 선택했고,

그 선택에 대한 책임을 지며 살아갈 뿐이죠.

어떠한 길을 택하고, 견디기로 하고

그러다 평생 함께하고 싶은 사람을 알아보는 것.

그게 삶인 것 같아요.

모든 선택이 정답이라고는 할 수 없지만

적어도 당시에 내 마음을 감동시킨 선택이라면

그 선택에 최선을 다할 수밖에요.

불완전하지만 조금 더 행복할 선택을 하는 것.

그렇게 나는 열심히 헤엄치는 중입니다.

아무도 당신을 찾지 않을 때에도
나는 당신을 기억할게요.

아무도 당신의 노력을
알아차리지 못할 때에도
나는 당신의 수고를 헤아릴게요.

당신의 하루가 달력의 한 숫자로
지나가는 순간에도
나는 당신의 소소한 성취를 기념할게요.

당신은 잘하고 있고

잘할 거예요.

여전히 헤엄치는 중이지만

ⓒ 우혜림, 2020

초판 1쇄 인쇄 2020년 8월 5일

초판 1쇄 발행 2020년 8월 12일

지은이 우혜림

펴낸이 이상훈

편집인 김수영

본부장 정진항

편집2팀 허유진 김진주 김경훈

마케팅 천용호 조재성 박신영 조은별 노유리

경영지원 정혜진 이송이

펴낸곳 한겨레출판㈜ www.hanibook.co.kr

등록 2006년 1월 4일 제313-2006-00003호

주소 서울시 마포구 창전로 70 (신수동) 화수목빌딩 5층

전화 02) 6383-1602~3 | **팩스** 02) 6383-1610

대표메일 book@hanibook.co.kr

ISBN 979-11-6040-412-8 03810

책값은 뒤표지에 있습니다.

파본은 구입하신 서점에서 바꾸어 드립니다.